詩、ときどきユーモア

地球は回る 私は歩く

ひらおかひでお

風媒社

もくじ

地球は回る私は歩く

五月の天気

おかしい
五月なのに
こんなに寒い

おかしいなんて
思うのは間違ってるのか
こっちは長い間
季節どおり
生きてきたつもり
この星の
ほんのちょっとの間借り人だ
天気に文句を言うのは
早すぎるってもんか

はいはいと
言うこと聞いて
一枚羽織ったり
一枚脱いだり
それだけだ
有難いと思わなきゃ

あめの空（又三郎のお陰です）

六月に
ヒマラヤで生まれた
風の又三郎
偏西風に乗り
インド洋雲と
太平洋雲を
かき集め
この島の空に
途方もない水を
持ってきた
時には
しとしと
時には

ながながと
時には
ぶちまけた
梅雨があるのは
又三郎のせいだ
豊かな川と森があるのも
又三郎のせいだ
無数の生き物と
たくさんの植物を生み出したのも
又三郎のせいだ

梅雨は仕方がないよ
又三郎のせいだから

地球は回る私は歩く

地球は回る
私は歩く
時速１７００キロで
地球は回る
私は時速３キロで喫茶店の
モーニングに間に合う
地球は回る
太陽の引力で
時速10万８千キロで
一周する
私はカミさんの引力で
町内をひと回り散歩する
地球は回る

46億年前から
回っている
私は
70年前から
この星に住んでいる
地球は回る
私は歩く
そのうちに止まる
私は座る
今　短い人生の空を見る
いい空だと思う

和暦めぐり

七草粥がすんだなら
今度行くのは初天神
雪が雨に変わったら
梅の香りも　もうすぐさ

流し雛を浮かべたら
今度行くのは花見でしょ
藤の花も咲いたなら
八十八夜も　もうすぐね

雨のあじさい歩いたら
今度行くのは蛍かな

笹に願いを込めたなら
夏の祭りも　もうすぐさ

萩のお寺で休んだら
今度行くのは月見でしょ
彼岸の花も咲いたなら
秋の祭りも　もうすぐね

庭に霜がおりたなら
今度行くのはもみじかな
寒い木枯らし吹いたなら
山の初雪も　もうすぐさ

寒の内から寒の入り
今度行くのは柚子湯でしょ

終い天神出かけたら
お正月も　すぐそこね

ワタスゲの歌

山の露天風呂

満天の星は
輝いているが
真っ暗な露天風呂で
ボクたちは顔さえ見えない
誰かが
映画の話をはじめた

「そこでゴジラは
自衛隊に取り囲まれたんだ」
「で　どうなるんだ」
「もちろん一斉射撃の的さ」
「可哀そう」
「血だらけになった

悔しそうなゴジラの胸から
一本の幕が垂れ下がる」

「ハハ……垂れ幕かあ」

「な、なんて書いてある？」

「自衛隊は憲法違反だって」

「嘘でしょ、おかしいね、それ」

「でも、ゴジラの言い分もわかる」

「でも、誰かが守らなきゃあ」

あ　流れ星

話は立ち消えて
ボクたちは
西の空をじっと見つめた

ギリシャ神話　糸魚川への旅

列車はいくつものトンネルをくぐり
川沿いを走っていた
車窓を見つめていたお父さんは
ふと、以前読んだギリシャ神話を
思い出し妻に話しかけた

昔、エジプトに名だたる王様がいたそうだ
ところがその弟が妬んでね
王様を殺し、箱に詰めて
ナイル川に流してしまったんだ
「お父さんなら堀川ってとこね」
それでその奥様は
もう一度王様に会いたくてね

その箱を求めて
ナイル川を渡り
方々を探し回ったんだ
そして遂にその箱を見つけたんだ
偉いだろ
「そこまでなら私も」
ところが弟はしつこいヤツでね
その奥様から箱を奪い
今度は王様の体をバラバラにして
地上に撒いてしまったんだ
鬼は外っとか言って
「ハイハイ」
ところがこの奥様も負けていなかったね
バラバラになった王様の体を
拾い集めて

あの世で元どおりのかたちにしたんだ
ところが、ところがだよ
大事なところが
どうしても見つからないんだ
代わりに
土筆を持ってくるわけにもいかないしな
「……」
それでよくよく調べたら
ナイル川の魚が食べてしまったことが判ったんだ
奥様はどうしても
王様との間に子供が欲しかったので
ナイル川の魚を全部食べてしまったんだ
すごいだろ
「一匹残らず」
そうとも

もちろんエジプトではその間は
魚市場はあがったりだ
「すし屋も閉店ね」
そしてついに
奥様は身ごもったんだ
十月十日経ち
玉のような赤ちゃんが生まれたのよ
それでエジプトでは
この親子は今でも神様として
崇めたてまつられてるって話さ
「ふーん」

列車は最後のトンネルをぬけ
広々とした青い海をめざして
走っていった

チングルマの話

私が初めてチングルマを見たのは
栂池高原にニッコウキスゲが咲くころだった
木道を歩いているとき
グループの先頭の女性が
「チングルマよ」と年に似合わない
可愛らしい声を出した
小さな白い花が
いっせいに咲いていた
あれから三十年経ったのだ
栂池の木道にある椅子に座って
杖を横に置いた
深呼吸をして目をつむると
誰かが声をかけてきた

「久しぶりですね」
誰だろう、湿原から声がする
「チングルマですよ
チングルマの森へようこそ」
(森って、チングルマは草の花だろ)
「チングルマは木ですよ
切ってはいけないけど　横にバッサリ切ると
ちゃんと年輪があるんですよ」
(へー、そうか木か、高さ二十センチ位の木かあ)
「背が低いと言いたいんでしょ」
私は湿原を見渡した
「背が低いのがちょうどいいのです
風にあたらないし
いい加減に雪がつもって暖かいんです」
(そうか、雪の高さだけ伸びるんだね)

「私たちは何十年もかけて
雪の下で横に横に伸びるんです
紅葉だってするんですよ
大雪山のチングルマは何百年もして
出来た広大な紅葉なんです」
（チングルマは落葉広葉樹ってヤツなんだ）
私は木道の椅子から目が覚めた
帰り道に
コバイケイソウも
オトギリソウも
クルマユリも
タテヤマリンドウも
あの女性が教えてくれた花が咲いている
みんな物語があるような
そんな気がした

ボクはいつでも

君がまだ若いころ
ボクは普通の人で
君の前に現れた
君が旅をしたいとき
ボクは鉄道員となって
時刻表をめくった
君が空を気にするとき
ボクは予報士として
天気図を開いた
君が山を登るとき
ボクは登山家として
行程を作った
君が山でくじいたとき

ボクは救助隊となって
君を負ぶった
君の息が苦しいとき
ボクは看護師となって
ひたいに手をあてた
君の熱が高いとき
ボクは救急隊となって
君を搬送した
そして
長い時間がたって
君が年老いたいま
ボクは君のつれ合いとして
君の前にいる
ちゃんとここにいる

ワタスゲの歌

ワタスがワタスゲだ
尾瀬の沼の
白髪頭の　のん気もの
風吹けば　風に吹かれ
雨降れば　雨にぬれ
日が差せば　キラキラと
湿原いっぺい　光るのだい

ワタスがワタスゲだ
お山の雲の
ボサボサ頭の　調子もの
風やめば　背をのばし

雨やめば　胸をはる
月が出れば　カヤカヤと
湿原いっぺい　光るのだい

合言葉はニャー

オニヤンマ

オニヤンマは
空き地の向こうから
こっちへ大人ほどの高さで
真っ直ぐ飛んでいる
同じところを行ったり来たり
空気に道があるように
繰り返している
私はタモを両手に持って
待ち構えている
オニヤンマを捕まえた話は聞かない
そんな奴はいない　よっし
こっちへ向かってくる
それ

かわされた
向こうへ行ってしまったが
またこっちへ来た
こんどこそ
それ　それ
タモと
二十センチも離れている
また逃げられた
何回やっても
タモをよけて飛んでいく
もうやめよ
オニヤンマだ
だからオニヤンマなんだ

こんにちは、蝶です

わたしは名古屋の
とある小さな庭の
低木の葉に育った毛虫でした
気が付いた時は
夢中で
葉を食べていました
仲間は五十匹はいたでしょう
庭はウンコで真っ黒でした
ご主人がやって来ました
ご主人は
「オレはなにをやってもいい加減な男だ」と
独り言を言ってから
何を思ったのか

「ウチも五人家族だ」と言って
わたしも含め五匹を取り出し
庭に逃がしてくれました
おお　助かった！
その日の夜　月明りの中を
わたしはもう一度
木に登り
やはり無我夢中になって
葉を食べ
ウンチを勢いよく落としました
それから　しばらくして羽化しました
アゲハ蝶になったのです
今　生まれた庭に帰って来ました
隅から隅まで
もう　狭い庭だから

すぐに行ったり来たりしています
「こんにちは、わたしです、蝶になりました
あの時は助けてくれてありがとう」

マグロの抗議文（ハルコについて）

十月三十日の六時三十分
松坂オーシャンホテルの大広間において
マグロの「解体ショー」なるものが行われました
白いテーブルの上の長大なまな板の上にのせられたのは
マグロのハルコでした
ハルコは沖縄沖の暖かい海で生まれ
あの悲しすぎる
子供同士の闘いに生き残った私たちの兄妹でした
ハルコは
黒潮にのり、オホーツクまでの旅に出たり
また遥かアメリカ西海岸までの2万キロを
泳ぎ泳ぎ抜いて、眠っている時も泳ぎ
強靭な体を作りながら、太平洋をともに生きた

私たちの旅の仲間でした
そのハルコを、あなた方は
酔っ払いや大勢の観光客の目の前で
体を横一文字に割き
胴体を幾つにも分けて
ここがトロだとか、ここが赤身だとか言って
勝手に名前を付け
六十を過ぎたるご婦人に
「はい、おねえちゃん、ここが美味いよ」とか言って
いとも軽々しく売りさばきました
ハルコも私たちも
イカや小魚を食べなければ
生きていけない身の上ですが
このような生命への尊厳と感謝に欠けた行為をする
海から生まれた生き物はあなたがた人間だけです

私たちは世界の海を回遊するマグロたちと
ハルコの名において
あなた方ホテルが再びこのような催しを
行うことがないように
悲しみを乗り越え、強く申し入れるものです

ヒメスズメバチの最後

秋の朝、玄関を開けると
花梨の木の下に
ハチが倒れていた
どうもこれはスズメバチだ
お前はスズメバチかと聞くと
はい　そうです、オスですと
話し出した
内向きでおとなしいので
「ヒメスズメバチ」と
いう名がついています
自分から襲うことはありません
守るだけです
あなた方が大切にしている

九条と一緒です
冬が来る前に
その時が来るのを待って
一生に一度をかけ
やっとのこと女王バチに
子孫を残したんです
ここで普通オスは死にます
だけど　生き残ってしまったんです
もう　やることもなく
あっちこっち
ブンブン飛んでいて
いい匂いのする
花梨の木を見つけて
遊んでいるときに
力尽きて落下したんです

最後に
「ヒメスズメバチは案外話の分かるいい奴だと
思ってくれると嬉しいです」

そう言ってヒメスズメバチは息を引きとった

シオカラトンボ

オレの名は
シオカラトンボっていうんだ
そうあの塩辛からそう呼ばれてる
見た目さ
酒の肴にはならないね
「初見」は
沖縄じゃ二月
この東海地方では四月ってとこさ
このところ
早くなってるね
三年前に「季節観察」から
外されたから
測候所も気にしてないけど

虫取りの子どもは
知ってる
アブラゼミも早くなってるな
夏が早く来てるんだ
ほんとにオレ達のこと
知らなくていいのかな
七十年も調べてきたのに
途中でやめるなんて
これじゃあ
尻切れトンボだぜ

「それが言いたかったのかい」
やって来た麦わらトンボが
夏空を一回転して
畑の方へ飛んで行った

合言葉はニャー

誰にもしばられず
時間も気にもせず
好きな時に
好きなことをして
嫌なことはノー
生きていく合言葉は
ニャー

休みたいとき休んで
働きたいとき働いて
眠たいときは寝て
起きたいときに起きて
無理なことはノー

生きていく合言葉は
ニャー

いいことはいいと言い
ダメなことはダメと言い
愛したいとき愛して
喧嘩したいときは喧嘩して
我慢するのはノー
生きていく合言葉は
ニャー

小さい街の物語

ビー玉の降る日

七色のビー玉が
空から降ってきた
春だ
春が来たんだ
交差点に
春告げ鳥が
風の線をひいていった
長い冬は
去って行ったんだ
寒がりの
電信棒も
我慢強い
街路樹も

肩を組んで
温かい
暮らしを歌う時が来た

七色のビー玉が
空から降ってきた
そんな春の日が
やって来たぞ

おにぎり屋

おばさん、梅干し一つ下さい
美味しく作る方法、教えて

そうね
そとは固めで
なかはふんわりと
作るのよ
余り力は入れて
握らないほうが良いんですよ
年寄りは
手の力が弱くなってくるでしょ
だから
上手に握れるようになるの

年とればとるほど
おにぎりは
上手に作れるように
なるんですよ
こうやって
手に塩をかけて
さっさと握って
くるくると
海苔を巻くと
美味しんですよ
ホッホッ
百二十円ね

塗装屋のオヤジ

むせ返るような
塗料の粉が煙る作業場から
大柄の男が出てきた
作業着には
びっしりと無数の色がこびりついていた
この店の塗装は
色にムラが無く
ツヤがあることで通っていた
新しくこの店に
出入りすることになった私に
このオヤジはいつも横柄な態度だった
店には
背の低いずんぐりとしたカミサンがおり

帳簿をにぎり、店を取り仕切っていた
いつも午後には
喫茶店からコーヒーを頼み
店の者やお客に振る舞った
そんな時この夫婦は
得意満面の顔をした

ある日私は
急ぎの仕事をもって駆け込んだ
「すいません、明日の午前中まで」
「馬鹿野郎、できるか急に」
オヤジに一喝された
その時、事務所の戸が
バタンと開きカミサンが出てきた
「あんた、やったりゃあ」

オヤジは噴霧器を持ったまま
しばらく黙り込み
「明日の朝、取りに来い」と言った

午後のコーヒーの時だった
いきなりカミサンは立ち上がり
皆がいる前でオヤジを罵倒した
「何度言ったらわかるのあんたは
段取りどおりやれんのか
爺っさじゃあるまいし
ボケとるんか、ええ
ちょっとは頭使やあ
まあ…たわけみたいに」
いくらなんでも
ここまで言われたら黙っていないだろう

プライドの高い男だ
我慢の限界は超えているはずだ
オヤジもついに
コーヒーを飲み干して立ち上がった
そして言った
「さあ、仕事だな」

それから私は
このオヤジを
なんだか尊敬するようになったのである

入れない中華料理店

大須の交差点の角に
一軒の中華料理店がある
若い頃仲間と騒いだ後
夜更けによく入った店だ
すっかり忘れていた
職場が変わり
偶然その店の前を
久しぶりに通りかかった
店の構えも昔のままだ
確か丸いカウンターの中に
女が一人いた
痩せて色黒く
額は際立ってひろく

強い眼光を放つ大きな目があった
めったに客と口をきくこともなく
いつも黙々と
湯気の中で働いていた
不思議で忘れられない雰囲気の人だった
まさか
まだ一人で
働いているはずは…
ゆっくりと
赤黒い暖簾の隙間から
店の中を覗いた
いた、いたいた
髪は白くなっているが
昔のままの、あの女の人だ
背筋がゾクッとした

三十年の月日を
ここでずっと働いていたんだ
入れば三十年前のラーメンが出てくる
この店は入れない
まるで過去に引き戻されるのを
避けるように
私はいつもその店の前を
小走りで通り過ぎている

ごみを集める人

ごみを集める人がいる
ごみをそばに
置きたい人がいる
ごみが可哀想なのだ
汚い紙くずは
きれいだったろうし
リンゴの皮は
リンゴを守っていたんだろうし
魚の骨は
ついさっきまで
泳いでいたんだろうし
町を歩いて
毎日ごみを集める

玄関も　階段も
家の中はごみだらけだ
くさいくさい
近所の人が通報した
清掃局が来た
ごみ袋を
ホラよ　ハイよ
作業服の男が車に
投げいれる
ごみのおばさんは
うつ向いてしゃがんだままだ
旦那さんは
泣いて頼む
「やめてくれ　おかしくなるんだ」
「このままにしてくれ」と

家はすっかりきれいにかたづいた
次の日の朝
おばさんは
杖をついて　また出発した

小さい街の物語

小さい街で
気の合うやつと知り合った
飯屋で酒を飲み
世の中を語った
世界は広い
魅力的だけど
この出会いを胸に
歩いていくさ

小さい街で
山の仲間と知り合った
雪の野山で
腹から笑った

世界は広い
魅力的だけど
この出会いを胸に
歩いていくさ

小さい街で
歌うたいと知り合った
詩を書くこと
伝えていくこと
世界は広い
魅力的だけど
この出会いを胸に
歩いていくさ

はじめての一歩

令和せんべい

令和せんべいを食べている
そこの若い二人
気をつけたほうがいい！
令和の令は召集令状の令
令和の和は和んで受け取れって
そういう意味だ…
もし　そうだとしたら

君は迷彩色の
軍用機で運ばれ
君は国防女子会のラインで
身動きできない
そんな時代が来たら

寄ってたかって作り笑いの
「令和の新しい時代」が
戦前の
息苦しい時代のことだったら

素朴で麗しい心で
「令」「和」を詠んだ
万葉歌人が
悔しくて泣いているとしたら

令和せんべいを食べている
そこの若い二人
用心した方がいい！
何時の間にか人間味が消え

命令ばかりでこねられた
「割り切れないせんべい」が
国中の店に出回る
そんな日が
来るかもしれないぞ

行列毛虫

一匹の毛虫は言った
嘘は堂々と言うべきだと
それを聞いたもう一匹の毛虫は
大した奴だと思い
嘘をついて騙してみた
スネに傷を持つ毛虫は
それは良いことだと
その後に続いた
先頭の自信を持った毛虫は
嘘はバレなければいいと言った
その立派な覚悟に
他のたくさんの毛虫がさらに後に続いた
先頭の毛虫は益々自信を持ち

喉もと過ぎれば熱さを忘れる
知らぬ顔がいいと言った
どんなに事実と違っても
言い張る志が
道を作ると高らかに宣言した
バンザイバンザイの声とともに
ついに行列毛虫が出来上がった
行列毛虫は何があっても先頭に盲目的に続く
先頭の毛虫は
花びらを蒔くように
道に嘘の言葉と数字をまき散らした
行列毛虫はきれいな庭園に差しかかった
先頭の毛虫は
後ろを従えて池を一周しようと考えた
緑も風も気持ちよい

わが世の春だと思った
そして先頭の毛虫が一周して
最後尾の毛虫の後についた時
丸い列の行列毛虫が出来上がった
前の毛虫についていく行列毛虫の
終わりの無い行進が始まった
朝となく夜となく行列毛虫は
池の周りをまわり
やがて倒れひからび朽ち果てていった

二千年後

宮沢賢治の「春と修羅」の中に
「おそらくこれから二千年たったころには」と二千年後の
世界を語っています
　―二千年後の人類・日本列島
考古学の大学生が
奇妙な化石を発掘しました
「なんだこれは」
酸化した蓋のようなものを
こじ開けると
円形の物が出てきました
ヒゲの教授が
「おおこれはフイルムと云うものじゃ」
「フイルムって何ですか」

「大昔のことだ、映画館というところに見ず知らずの者が集まって、これに光を当てて大きくしてな一つの物語を鑑賞したのさ」

「何でそんなことを」

「一緒に笑ったり、泣いたりしたそうだ」

「一緒に笑ったり、泣いたりですか！」

「信じられん」

それからフイルムは大学生の中に広がった
その中でも特に山田洋次監督の映画に人気があった
「この寅さんというのは何だ、この顔でどうしてもてたのだ」

「なぜ、五十本もフイルムがある」

「その頃は盆と正月になると家族で観に行ったそうだ」

「寅とさくらはいくらなんでも顔が違いすぎる」

「タコ印刷も団子作った方が良かったんでは」

「二千年前の人に聞いてみたい」

それから各地の大学に
山田洋次研究会や寅さん研究会が出来ることになった
「『幸福の黄色いハンカチ』も『遥かなる山の呼び声』も
いいな」

そうさ　二千年前こそ賢治の詩のように
日本列島の平和な空に
『青空いっぱいの無色な孔雀』が飛んでいたのさ

一六〇〇年十月二十一日　関ケ原

わーわー
槍持って
オラは走る
このまま行けば
相手を刺すか
オラが串刺しだ
なんで百姓のオラが
足軽なんかの格好して
こんな草むらなんか
走らなきゃならねえ
村から一人出せって
体がでけえからって
なんでオラなんだクソー

稲刈りすんで
これからって時によ
おめえと一緒に
ずっと暮らせるって
思てたのによ
ああ　村さ渡る
清々しい風よ
オラは
見も知らねえ
なんの恨みもねえ
お人を殺しに行くだ
こんな
バカなことがあるもんか
なんでオラが死ななきゃならねえ
こんな

欲の突っ張りあいの　合戦なんて
誰が始めた
どこのどいつが
大将になっても
オラは許さねえ
ろくなもんじゃねえぞ
サムライなんてもんは

一九〇五年十二月　日露戦争

おらは
村に帰っても、凱旋しても
痩農家の三男には
耕す田んぼはねえ
も一度兵隊に志願するしかなかったのさ
それから、樺太攻略作戦に動員されて
北樺太に着いて
そこで露営したのさ
ロシア軍は降伏して
北樺太にしばらく駐留したんだ
ロシア人の家が宿で
ロシア語はとんと分からん
それでも

毎日聞くとおらでも
通じるようになってきた
ロシアの民と一緒になって
死ぬほど寒い冬を越すための
準備をしたんだ
肌を突き刺すような風の中で
ロシア人は相撲をとったり
いつの間にか歌を歌ったりするのさ
せつない暮らしも夜になるとな
手をつないで老若男女、おぼこい子どもも
踊りを踊るんだ
その陽気なこと
思わずおらたちも踊りの中に入ってさ
かっぽれを踊ると
笑いと拍手がおこったよ

この面白さはもう言葉にならねえ
そのあと、北樺太のロシア人は
本国に帰ることとなったんだ
おらたちと別れをする時
おらは、ロシア人は内地の人より貧しい
この人々を愛しいと思ったんだ

リニア、おふくろかく語る

こないだダンプの兄ちゃんに
聞いたんだけど
東京から名古屋まで
トンネル掘るらしいな
そこに「リニャ」っていうの通すって
なにが悲して
そんなことやらないかん
四十分で着くらしいけど
早よ着いて　どこが嬉しい
ええことないわ
年寄りは暇だ
時間はたっぷりある
そんな急ぐことにゃて

誰が考えたか知らんけど
ワシは乗らん
地震が来たらどうする
生き埋めだわ　どもならん
景色も見えん
弁当箱開けたら
もう着きましただわ
タワケらしい
トイレ行ってズボン下ろしたら
あわてて出てこないかん
そんな落ち着かんもん
乗れんわ
そんなことに金かけるなら
田舎の廃線やめたらどうだ
弱いもんの足

守ったら方がええ
反りくり返っとる人間は
困っとる人のことなんか
考えとれせん
金儲けばっかりだでかんわ
ほんとに

番号札毛虫

毛虫の王様は
国民に番号札を付けて
呼ぶことにした
「〇〇番」
と呼べば
「ハイ」と答える
実に爽快だ
それに
名前を呼べば
情けが湧くし金がかかる
損だ
それでも
大多数の毛虫が言った

「番号札を下さり幸せです」
誰かが言った
「ついでに前だけでなくお尻にもつけて下さい」
王様は感動を覚えた
だが
番号札を受け取らない
毛虫たちがいた
王様は腹をたてた
脱毛サロンに入れ
寒い国に送ってやろうと考えた
しかし番号札は
毛虫に馴染まなかった
首に着いたひもが痛い
「ええい、うっとおしい」と道に捨てるもの
交換するもの

薪にするもの
この制度はいつの間にか崩壊した
逆にいつまでも
番号札を付けたがる者を
国民は、札付きと呼ぶようになった

はじめての一歩

振り向きなさい
その足をとめて
どうしてあんなに
わかり合えたの
はじめての一歩
花束にこめた
あの時の意味を
忘れないで

振り向きなさい
その手をやすめて
悲しくて可笑しい
くりかえしを

はじめての一歩
小さな屋根の
あの日々のことを
忘れないで

振り向きなさい
その目を閉じて
息をのんだ窓の
いちめんの星を
はじめての一歩
うちとけた空の
あの時の光を
忘れないで

さらば軽作業

ようこさんのように

よう子さんは
だいぶ年をとっている
緑内障でほとんど目が見えない
それでも
作業所の中なら
どこでも行き来する
仲間のところに行き
後ろから抱きついたり
くすぐったりして
友達であることを確かめる
大きな若い男が
大声で泣いていても
小さな体で

平気でなぐさめに行く
壊れかけの
ジョウロに
水をなみなみと入れて
ベランダの花に水をやりに行く
四回も往復すると疲れて
畳の上で横になる
そのまま昼休みとなる
「昼ごはんはなに？」
午前中に三回は聞く
魚のおかずの時は
「ネコちゃんがよろこぶ」と
決まって言う
いつでもうまそうに
全部食べる

それでも
丸いほし竿にタオルを
かける仕事は誰よりも丁寧だ
眠たい時は寝て
起きたい時に起きて仕事をする

少し疲れると休む
ＣＤの「なごり雪」が
現場に流れると
ガバッと起きてわざわざ
ラジオの前に行く
歌に聞き惚れる
歌が終わると
またタタミの上に行って眠る
そうこうしていると

終わりの鐘が鳴る
反省会になり帰りの準備をする

いいなあ　よう子さん
よう子さんのような人生は
いいなあ

マー君のジャズ

その時は押しあいでした
作業所をどうしても
二時に帰りたいマー君と
なんとか居させたいと願う
今日でお別れの指導員との
もみあいでした
マー君の太った体
その女性も
よく太ってました
マー君は怒ったように自分の左手を噛み
右手で自分の頭をガンガンと叩きました
「みんな、マー君に四時までいてほしいよね」
仲間の一人がこたえました

「お別れ会だで最後までおらないかんよ」
ボクらも
みんなで作ったケーキを食べようとか
花をわたそうとか
とにかく
二時に帰ることにこだわるマー君を
作業所に最後までいる実績を
つくろうと思いました
それで
なんのかんのとやっているうちに
四時少し前になったのです
「ああ、四時だ！」
するとマー君の顔つきがいつのまにか変わって
おだやかになっているのです
にこやかになっているのです

そして片手にボールペン
片手に数字ばかりを書いた新聞紙を持ち
何やら唸って踊り出しました
「四時までいれたね、えらいね」
「すごいね」
仲間たちのそんな声を
背中で聞いて
マー君は堂々と誇らしげに
鼻息荒く
帰りの車に乗り込みました
そして運転するボクの隣で
ついに大声で歌い出したのです
「40万、ブップー
20万、ブップー」
それは数字の好きなマー君の

オリジナル曲であり
どう聞いてもジャズのようであり
何かから解放された歌のようでもありました

8ミリ映画は上映された

8ミリ映画は上映された
写っているのは
この日で退職する私らしい
不安な顔で
厨房を背に椅子に座っている
「みなさん、お別れに何か言いたいことはありますか」
司会者が言うと
たくさんの仲間たちが
まるで土煙をあげてやって来た
「うん、うん」としか話せない仲間が
私の左手を握って
(いろいろあったね、さよならだね)
そう言っている

司会者を押しのけて
真ん前に座っていた仲間が
「足腰痛いの、足腰痛いの」と
いつもウンコの話ばかりするのに
今日は違っていた
次の仲間は
大きく目を見開いて
「ホーム、がんばる」と言った
よう子さんは
何を言うだろうと期待した
「クリスマスのお菓子ありがとう」
何時のことだろう?
きっと二年前の
サンタの格好の
お菓子のプレゼントだ

ずっと覚えていたんだ
次々と仲間が
「ドラマの話したね」
「がんばって」

小さな世界の
小さな出来事
別れの日が来たのが
不思議な私
十八年いた職場の
仲間たちの送別会
ああ　こんなことがあった
懐かしい8ミリ映画は
カラカラと
いつまでも回っている

さらば、軽作業

ボクはこの一年間
少し　疲れた体で
愉快なひらめきを
胸に抱いて
風のように走りました
青空のように笑い
夢のように歌いました

ボクのような人間が
みなさんの指導員だなんて
これは神様のいたずらかもしれません
でもこのひと時を人生の最良のときと
ボクは思っていたんです

一緒に働いた
仲間たち　ありがとう

いつもトイレでうなって気を静めていた
マー君　ありがとう
「お正月」の歌を一年中歌っていた
ナリくん　ありがとう
女の子のおっぱいの絵が好きな
マスミ君　ありがとう
つまらんダジャレを笑ってくれた
ウッチャン　ありがとう
みんなの笑顔を歌にして
これから生きていきましょう

「調子がいいワイワイ」と言って機械を動かした
シンちゃん　ありがとう
みだしなみをだらしなみが悪いと言って叱ってくれた
トモちゃん　ありがとう
ぼくの大事なシャツやカバンにいつも水をぶっかけた
ノリ君　ありがとう
大仏さんのようにみんなから崇められた
ノリちゃん　ありがとう
みんなの元気を歌にして
これから生きていきましょう

「がんばろう」のかわりに「コーヒー！」と手をあげた
ユミちゃん　ありがとう
「メンソレータム当たるよ」が挨拶だった
ミエちゃん　ありがとう

泣きだすともう手がつけられなかった
ミーちゃん　ありがとう
雪だるまをバスで持ち帰った
ミッちゃん　ありがとう
みんなの素直を歌にして
これから生きていきましょう

「タッちゃんだわ」と言って誰にも自分をゆずらなかった
タッちゃん　ありがとう
エッチな熟女の魅力をふりまいて気楽にしてくれた
カズちゃん　ありがとう
体のことを心配して怒ってくれた
ハルちゃん　ありがとう
お別れ会で泣いてくれた
ノブちゃん　ありがとう

みんなの涙を歌にして
これから生きていきましょう

ぼくはこの一年間
愉快なひらめきを
胸に抱いて
風のように走りました
青空のように笑い
夢のように歌いました

＊この頃、私が働いていた施設では利用者の方を愛称で呼んでいました。現在は利用者でもあり、一人の大人であるという点で、名字で呼ぶようになっています。

君の人生に歌あり

あった方がいい世界へ

君は言ったね
こんな争いばかりする世界は
もう、無い方がいいと
こんな人を殺したり
だましたりする
世の中は
消えてしまったほうがいいと
そういう君の立っている場所は
君を愛する人が
汗を流して作った場所さ
たとえば君が
自転車に乗って
愛されている気分で

外を走るとき
風も町も
君のものになってる
大きな力が君を
責めるけど
競い合いが君を
除け者にするけど
君が求めるやさしい世界を
勇気を出して
声に出すとき
君のまわりが
変わっていくはず
そうさ　声を出せば
聞く人がいるはず
その声を待っている人が

いるはず
いい世界だったと
一緒に言ってみたい
だって君は
大切な人だから

友よ　待っている

苦しみは
誰が作るのか
悲しみは
誰が運ぶのか
やさしさや
温かさを
守るために
君は傷ついていった
扉をひらく力さえ
無くした時も
君は自分を変えなかった
夜明けの眠りの中
君は

青い空の下で
風吹く高原で
大きく息を吸っている
君の愛する人たちは
君が
歩きはじめるのを
知らない顔をしながら
待っている
みんな
君を思っている
だから今は
人生を休んでほしい
みんなみんな
あの時のままだから

追悼・山頂より

人ごみを逃れ
屈託を車窓に映す
旧道を歩き
旧家を見上げ
山道に分け入る
森林に涼み
野苺をほおばり
草の中の物音に驚く
鳥の声を道づれとし
山頂に出でる

山が好きだった
町医者、浜田先生

本日も
風　さわやかなり

「オツなヤツ」

「オツなヤツを食べよう」
何だろうと思いながら
後をついていくと
アイツは市場にはいって行った
狭い通路の両側に店が並んでいる
ざわざわとして活気があった
おばさんやおじさんの間を
学生服のオレ達は縫うように進んで
コロッケ屋の前で止まった
「コロッケ一つ」
オレも同じように頼んで
新聞紙ではさんで持った
今度はうどん屋の前で止まった

「おじさん、うどん一つ」
「オレも」
うどんが来た
熱い湯気が立ってる
割り箸をわって
コロッケをうどんの上にのせた
「うまいぞ、これがオツなヤツだ」
「ふーん、うまいな」
「うまいだろ」
うどんとコロッケが合う
コロッケに汁がしみこんでくるが
すぐに崩れない　食べやすい
家でやってもらおう
アイツはマヒナのファンだった
オレは裕次郎のファンだ

六十年も付き合ってるけど
おれにとっては良かったことの
一番はこれかな

来客

敬愛する友人が
訪ねてくる朝だった
その朝になって
やはり片付けようと思い
私は
テーブルの上の
雑多な書類を
洋服タンスに押し込んだ
妻はあわてて
息子のカバンやボールを
押入れに突っ込んだ

「よく片付いてますね」と

客が誉めた
私たちは顔だけ笑った
お土産に持参してもらった
私が書いたもので
彼が作曲した
「はじめての一歩」の
CDを聴いた
部屋に音が広がった
名曲だと思った
曲が終わってから
客を見送った

部屋は
元の木阿弥になったが
とても気持ちのいい朝であった

君の人生に歌あり

酒が無くて何の人生と
酒の海に船を出す
ちょいとおハコの歌うたい
ゆらりゆられて夢を見る

さくらの下では　日本酒を（いいねえ）
夏の宵には　生ビール（乾杯！）
もみじの季節に　あつ燗を（しみるー）
冬はあったかい　焼酎さ（あっちっち）

ところが医者の先生が
このまま酒を飲んだなら

人生、一巻の終わりですと
無情にとどめを刺してきた

さくらの下では　さくら餅
夏の宵には　水ようかん
もみじの季節は　お抹茶を
冬はこたつで　しょうが糖（しょうがねえ）

昔も今も変わらぬもの
それが一番大事なもの
花も嵐もおなじ女（ひと）
涙も笑いもおなじ友

まだまだ歌う歌がある
これから歌う歌がある

人生幕が下りるまで
歌い続けていくだけさ

リュック

登山

二十代の頃
悩みがあって
悩みを解決したくて
御在所岳に登った
コースはやや険しいといわれる
中道《なかみち》にした
あの頃は健脚だった
石の階段を上り
大きな岩をくぐり
鎖を引っぱり
這いつくばって
土にしがみついた
鼻の穴に土が入った

笑った
両手で枝を掴んで登った
疲れた
頂上に早くたどり着いた
フーンと景色を見ながら
感慨も無く弁当を食べた
猛スピードで山を下りた
家に帰っても
悩みはそのままだった
あとから
思い切って
友人に悩みをぶつけて解決した
なんだー

友人が訊いた

「頂上にアカトンボの群れはやってきたかい」

「見晴台から富士山は見れたか」

「湯の山温泉は入ったの？」

何もしてない
しまった

ボクの一日

思い出したように
家の中を片付けていたら
古いワープロと
ＬＰレコードが出てきました
ワープロを
廃品回収屋さんの
お店に置いて帰ろうとすると
ランニング姿のおじさんが
十円玉をくれました
今度は
ＬＰレコードを売りに
大須のバナナレコードに
車で三十分かけて行きました
五十枚持って行ったのに

たった三枚しか売れません
三百円を貰って
あとのレコードは
また車に積み込みました
駐車料金がちょうど三百円なので
さっきの三百円を入れました
ああ
ボクの一日はなんだろう
あんなに「名文」を作ったワープロなのに
時には胸にジンときたレコードなのに
用が無くなったものの最後とはいえ
あんまりひどいじゃないか
無情だと
ひとり思いながら
家に戻ったのでした

帽子の思い出

帽子は私のような丸顔には
似合わないと思っていた
ところが色々とかぶってみると
キャップで
上が角ばっているのがいいようだ
色は紺色
太い眉毛と釣り合っている
その帽子店で
いいかげん試してから買った
小旅行に被っていくことにした
よっし　なかなかいい
だが電車に忘れてしまった
夏向きの帽子を探した

幼稚園児のような
頭の後ろの首筋を守るヤツがいい
オランダ製なのに中国製のヤツだ
高かったが買った
夏の散歩で使ったが
これも公園でいつの間にか失くした
コロナが流行り
みんなが家にいるようになった時
イオンの帽子売り場で
五千円の帽子がいっせいに
五百円で売りに出されていた
レジのお姉さんが
「買わな損ですよ」と言った
私はその中で気に入ったものを
三個買ったが

もう二個失っている
忘れないぞと思ってもいつか忘れる
もう帽子を買う気力も無くなってきた
最初の旅行で被ったヤツ
「あれは良かったな」

リュック

振り返ると
さっきまで
歩道の隅に置いておいた
リュックサックが無い
話し込んでるうちに
盗られたんだ
いいんだ
スマホもサイフも
持っていたから
二十年ずっと一緒で
飽きがきて
新しいものに
目移りしていたところなんだ

買い換えようと
思っていたんだ
捨てるわけには
いかないし
ちょうど良かったんだ
リュックには
ろくなものが
入ってなかったし
持っていった人に
感謝だ
枯葉にうずもれた
リュック！
君のモデルの写真もあるけど
二十年も使ったんだ
もう

探さないよ
オレは
ほんとに

ボクの一人旅

道の並木も
よく見てみれば
一本一本が
自分らしく生きている
そんな何気ない景色に
意味など感じて
見知らぬ町を行く
ボクの一人旅です

列車で出会った
行商のお婆さん
荷物に腰かけて
昔を思い出す

そんな何気ない話に
つい聞き惚れて
声をかけたくなる
ボクの一人旅です

山の湯治場
出会ったおじいさん
湯船につかって
鼻歌をうなってる
そんな何気ない歌の詞が
胸にジンときて
妙にやさしい
ボクの一人旅です

たんぽぽ

チビ逝く

チビとは我が家に住むメス犬ポチの
長男のことである
ポチは小型犬であるが
チビは体格のいい中型犬である
ではなぜチビと呼んでいたかというと
つまり、子供の頃チビだったからである
そもそも一匹でも大変だった我が家に
なぜチビがうまれたか
ポチが最初の発情期をむかえたころ
サカリのついた近所のオスが
しばしば我が家の庭に侵入した
その頃私は、庭に水を汲んだバケツをおき
外で物音がすると玄関を走り出て

不逞の犬どもに水をぶっ掛けたのである
一人娘を不良から守る父親のようであった
しかし、その努力もむなしく
ついに家族が知らぬ間に
ポチはどこの「馬の骨」ともわからぬ犬に
てごめにされてしまったのだ
それというのも
ある日、ポチの犬小屋から手のひらにのるほどの
かわいい生きものが発見されたからである
これがチビであった
往年のチビの走る姿は
黒澤映画に出てくる馬のように勇壮であった
顔は小さなライオンといった趣があったが
どことなくマヌケな雰囲気もあった
しばしば脱走をして

近所の畑や花壇を荒らして
帰って来た時などは
真っ黒になった体を地面につくほど低くし
耳も尻尾もたれて、抜き足差し足
いかにも申し訳ないといったふうで庭に上がってくる
その格好に笑ってしまうのである
このチビが一月十二日の夜半に急死した
十三歳であった
死因は胃捻転である
胃がガスで膨張してねじれ、出入り口を
閉鎖してしまう病気である
チビの場合、散歩から帰って一気に餌を
急いで食べたことが主な原因のようだ
だが、チビは特別いやしい犬ではない
この病気は大型の犬に多く

ある種の犬の死因の八〇％は、胃捻転と言われるぐらい
頻度の多い病気なのだそうである
問題は私たちがこの病気について
何も知らなかったことにある
この日の夕方
ポンポンにはれたチビの胃袋から
獣医は針をさしてガスを抜いた
シューシューという音がした
昼頃からのひどい苦しみから解放されたチビは
ぐったりとしていたが
それでも、自分でなんとか歩くことができ
回復したように見えた
夜、八時頃である
土の上で倒れているチビを
妻が発見した

「お父さん、チビが」
びくとも動かないチビの
あまりにかわいそうな姿の上に
妻の涙が光って落ちた
チビはまばたきした
「まだ生きている、大丈夫だ」
息子も加わり、チビを部屋の中に入れ
座布団の上に寝かせ毛布をかけストーブをつけた
私たちが見守っていると
チビは時々、むっくりと立ち上がり
よろよろとたおれた
「こんなことで死ぬチビじゃない」
家族はそう思い励まし助かることを祈った
しかし、午前一時半を過ぎた頃、
チビはついに息絶えた

もう、何も動かない
心臓の鼓動も無い
まばたきも無い
体はどんどん硬直していく
生きものが
死ぬということはこういうことなのだ
「どうしたチビ、動いてみろ」
と私は言い
「母親より早く死んでどうするの」
と妻は言った
息子はチビを抱きしめて泣いた

あくる日、私たちは
チビのお骨を貰うことをきめて
ペット霊園に車で連れて行くことにした

花屋で白い花束を買い
それを、毛布に包まれたチビの上にのせた
その日の帰り道、妻が言った
「父親が死んだ時もこれほど泣かなかった」
昨日からの涙でまぶたも顔も
すっかりはれているのだ
夜になると今度は
二階の部屋で息子が大声で泣き出した
あまりの泣き方に
妻はなだめにいき
私も息子の部屋に入っていった
ふだん気難しい若者だが
みっともないほどわんわん泣く息子の背中が
とてもいとしいものに見えて
ついに私も涙をこぼした

家族三人が一緒に泣いた
寒い冬の
涙であたたかい夜の出来事だった

柿ノ木

生協から続けて柿が来た
妹が畑の柿をくれた
近所の人が庭の柿を持たせた
家が柿でけつまずきそうになった
それでも柿の好きな私は
「あーあ、ウチも庭に柿を植えたいなあ」と
狭い庭を思い浮かべて、ポツリとつぶやく
「なるのに八年かかるよ」と妻がいう
聞いていた息子が
「気の長い話、待っとれんわ」と口をはさんだ
すると妻が
さらりと言ったものだ
「あんたなんかね、

三十年たっても、まだ実がならん、
それでもこっちは待っとるんだよ」
息子は別に気にするふうでもなかったが
音も出さず、外に出かけていった

息子立ち寄れば

ひさしぶりだな
聞いたけど
名古屋めしがいいって
今、まわししとる
味噌煮込みだな
海老天もつけるって
お母さんが言っとった
ご飯も炊きたてだ
デザートはなにがええ
ういろがあるぞ
なに、むしゃくしゃしていかん
贅沢だな
あ、近所の饅頭屋の

「庄内最中」が仏壇に供えたる
あれ、食べやあ
おお、泊ってけ
明日の朝か
モーニングに行こまい
歩いて行けるとこがある
コーヒーに
小倉トーストが付いて３００円
ほんとだて
東京と違うて
明日の昼はひつまぶしだな
高いって
たまにはええて
きよめ餅は奥さんに土産
きしめんは重てやぁで

送ったるて
まあ
それぐらいしかできんけどな

泣くな　君よ

泣くな　君よ
亡くなった母の前で
病院から追われ
老人ホームの扉も
冷たかったけれど
君の母は静かに耐えていた
病に侵された
痛みのなかでも
笑って話しかけてくれた
どこにいっても
歌を詠んで
八十を過ぎても
若者を知りたいと

蟹工船の本を読んでいた

エントツから白い煙が
上がった後は
骨まで無くなっていたけど
君の母は
君の中に半分生きている
泣くな　君よ
泣き崩れるな
ああしてやればよかったと
君は言うけど
君の母は思っているよ
君たちがいたから
最後まで幸せだったと

君が対策本部長

テーブルの上に置いてあった
トマトがかじられ散らかっている
こんな食べ方は誰もしない
妻は床にフンを数個、発見
これでネズミがいることが判明した
キッチンに暗い影がおりた
急遽、対策会議が開かれた
妻が対策本部長となり
一人しかいない対策部員の私は
補助役となった
薬局で強力ネズミ捕り器を買った
粘着版の上に置く食べ物を選ぶ
かまぼこがある

これは明日のおかずに使う
この物価高でエサにするのは惜しい
腹がたつ
しかし他によいものが無い
そうだ竹輪が残っていた
この方が安い
妻は決心して竹輪を使うことにした
今日の夜が勝負だ
寝る前に
炊飯器、コーヒーメーカー、オーブントースターなど
主だったものにビニール袋をかぶせた
床の通りそうな場所に新聞紙を敷き、ネズミ捕りを置いた
黙々とやっている
なんでも完璧にやる人だ
昔は、私はこの人が好きだった、今もだが

しかし、今はそんなことを言ってる場合ではない
夜になった
一度トイレに起きた
電気をつけると一匹捕まっていた
事態は解決へと向かっている

たんぽぽ

庭の片隅に
たんぽぽが咲いた
どこから飛んで
来たのだろ

こんな小さな
庭でもよけりゃ
空いているから
咲けばいい

我が家ときたら
ケンカをしたり
仲なおりの

繰り返し

そんな暮らしが
お前に聞こえて
きっと笑って
いるんだろ

やがていつかは
綿帽子かぶり
何処かへ飛んで
しまうのか

せつないけれど
微笑みあい
貧しいけれど

温かい
そんな家族の
いた春のこと
今度会う人に
伝えてくれ

老いの四季

もうーええわ

肩が上がらん
膝が痛い
足がしびれる
腰が痛い
もう
もうーええ

髪が抜ける
肌がカサつく
身体がちぢむ
背中が丸い
もう
もうーええ

目がかゆい
鼻がつまる
話が聞こえん
喉がむせる
もうーええ
もうーええわ

「先生、いろいろいかんです」
「まあ、なんというか、お元気な方ですよ」

二人の病気大会

病室の窓から柔らかい陽が降りそそいでいます
二人のおじさんがベッドに座って話し込んでいました

「あんた糖尿病か、元気ないな」
「数値が悪かった、食い物に気をつけとったんだがな」
「気をつけるって言ったって、食いたいものは食うだろ、うまくいかんもんさ」
「それで、あんたの方の経過はいいんか」
「オレか、前立腺肥大か、まあ順調だ」
「しかし、前立腺肥大で、救急車で運ばれた人はあんただけだ」
「おしっこが出んのは苦しいぞ」
「その前もなんかあったな」
「白内障だよ、あの時は手術中に女の先生が『あら、レンズがないわ、どこ』て言うんだ、もうこっちは心配になって」
「ハハハその前は」
「その前か、あれは大変だった、脳梗塞だ、買い物中にボーとしてきてふらついてたんだ
これはいかんと思って自分で救急車を呼んだんだ、オレは」
「すぐ救急車呼んだのか、それは良かった」
「最初、右手足が動かなかったけど、手当が早かったので良くなったんだ」
「良かったな」
「それがいかんのだ、その後二回、三回と続いたんだ、先生が首のところの血管に問題があると言って首を切って何針も縫ったんだ、これ見てみい」
「ほんとだ」
「会社には首は切られんかったけど、医者に首切られたわハハハ」
「その前は」

「なんでその前があること知ってんだ！」

「ありそうな気がする」

「ええい、痔も切ったし、肺炎にもなったわ、軽かったけど」

「その前は」

「その前はヘルニアだ、歩道を歩いていたら腰に激痛が走り、雨も急に降り出して、傘は無い、歩けない、びしょ濡れになる、西田佐知子じゃないが、『ヘルニアの雨に打たれてこのまま死んでしまいたい』と思った」

「ハハそれは嘘だ、いくらなんでも、アカシアとヘルニアでは一字しか合っとらん」

「ほんとなんだて、大変な時に限って変なことが頭に浮かぶんだて」

「そんであんた今元気なんだな」

「それなりにな」

「ありがとう、なんかオレ元気が出てきた、希望が湧いてきた」

「そうか元気が出たか、そんなら良かった」

公園の三人

一番前を
手を振って
奥さんと歩いているのは
緑内障で前が見えなくなった
じいさんだ
雨の日だって
一緒に歩いている
次に歩いているのは
旅行中に脳梗塞になって
目がやられた
じいさんだ
「これまでは順調、今は死にたい」と
漏らしながらも元気なじいさんだ

その次に歩いているじいさんは
この私だ
右足に
「神経痛」の痛みがあるが
いつも公園を歩いている
三人が
歩道の木陰で
話し合った
それぞれ　もう
固まった自分だけど
同じ感じるものがあった
それは
「女房がいないと
生きていけんな」
そんなことだった

公園の
サルスベリの花が
道を明るくしていた

朝が来たら

朝が来たら
私の勝ちだ
カーテンを引く
陽ざしが差し込む
空が見える
いつもの一日が始まる
パンを食べる
昨日買ったパン
食べたかったんだ
何でもない一日
来るかどうか
何時も少し
心配なんだ

だから
朝が来たら
私の勝ちだ

ヤカンの神様

むかしおふくろが使っていた
ヤカンの横っ面をさすった
そうするとやはり
ヤカン頭の婆さんが出てきた
おふくろのおっかさんに似ている

年寄りになった私は
三つのお願いをした

一ついつでも
清々しい目覚めの朝がくるように

(寝れりゃええわ)

二つかぼちゃ頭が機能し
本を理解するように
（ボケなええ）
三つ踏ん張りの利く
足にしておくれ
（歩けりゃええ）
ああそうだ
強くもなく弱くもない
ちょうどいい加減の二人の仲は
このままにしといてくれ

（なるようになっとる）

次の朝
私はリュックに本を入れて
旅に出た

未来のカベ

若い日は未来があった
年を取った今
未来なんか無い
行き止まりのカベが
見えているだけだ

ついにカベにぶちあたってしまった
カベは言った
「これより先は進めません、寿命です」
そこでオレは言う
「延ばしてくれ」
カベは言った

「もうすぐ心臓が止まります」
オレはカッとして言う
「なんとかしてくれ、生かしてくれ」
カベは言い返す
「十分生きたじゃないですか
往生際が悪いな」
「やかましい」とオレ
「たいがいにしろ」とカベ
「そこを、そこをなんとか」
オレは食い下がる
口論のうちに
カベがじりじりと
後退するかもしれない

やった!

あるとすれば
そんな未来か…

47年式蒸気機関車

七十五年
走って来たんだ
笑ったり、泣いたりして
ガタが来てるんだ
油がきれて　錆が出て
しわがひどい　剥げとる
体中傷だらけ　気が短い
足も短い　前かがみ
まあいかんわ
主軸さえ曲がってるんだ
クソ　悔しい　泣きたい
心電図を見る限り
ピストンはいい

ボイラーも熱い
釜もまあまあだ
だが駆動輪が先日折れた
ＭＲＩで判明したんだ
二か月運用停止だ
だがな　まだまだ走る
またやり直しだ
まず給油装置だ
今までより動きを良くする
だらしなかったから
ボルトもバルブも締める
パッキンもバネも取り替える
体裁を良くし
体中、磨くんだ
ブレーキは

ダメだと思ったらすぐ止める
そして　山が来たら
最後の力を振り絞って
頭から足元から
勇気の蒸気を出して進むんだ
ポー

老いの四季

梅が咲いて
桜が咲きゃ
春だぞ
生きのびた

トンボが飛んで
蝉がなきゃ
夏だ
日陰を歩こう

ススキ揺れて
空は高い
秋だ！
栗ご飯食いたい

山は雪に
コタツをひこう
冬だぞ
もう一年　越そう

わが町　上堀川　―小学校まで―

昭和三十年代の初め……つまり私が小学生のころの話だ。


私が生まれ、育ったのは、名古屋市中区の今で言う大須一丁目だ。

大須一丁目には、その頃は十一の町があった。

わが町、上堀川町はその中の一つの町で、名前の通り、西側に堀川が流れていた。

子供時代は色々な遊びをした。

あの頃は、映画といえば時代劇で、子供の間では特に怪傑黒頭巾に人気があった。

お祭りの日などは、私は家にあった黒い風呂敷を頭にかぶり、おもちゃの木刀を差して長屋から広い道に飛び出した。「かいけつ黒頭巾だ、かかって来い」と言って刀を抜いて恰好をつけた。するとチャンバラ仲間が待っていて、後ろから、いきなり私のパンツをおろした。

なんともかっこ悪い怪傑黒頭巾だった。

月の明るい夜は影踏みのあそびをした。鬼ごっこのようなもので、自分の影を踏まれたら鬼になるので、自分の影の大きさを見ながら、踏まれないように逃げた。普段でも自分の影を時々見るようになった。夕焼けの時の道に伸びた長い影が好きだった。

私は、コマ回しが得意だった。ひもで縛ったコマを空中で勢いよく回し、ビンか何かのふたに乗せ、電信棒から電信棒まで走った。走っている間にコマが止まってしまったら負けである。私よりも上手い子がいて、二センチもない化粧品の小さなふたに乗せて走っていた。私も負けたくないので、小さなふたが欲しかったが、おふくろに言うと「そんなもん、ないわ」とそっけなかった。

長屋の私の家を出て、表通りの質屋の隣に二階建ての旅館のような「アパート」があった。

玄関を入ってすぐ右側の表通りに面した部屋がヨシダさんの部屋で、ヨシダさんはおふくろの友達でよく家に雑談をしにきた。

私の小学校の頃は、大須観音の境内の西南側に宝生座という芝居小屋があった。おふくろやヨシダさんや近所の人達と時々観に出かけた。行く道中も子供同士で駆け回ったり、大声をあげたり、楽しかった。小屋の中に入ると下足番のおじさんが靴や下駄を持って行って、代わりに木札を渡してくれる。

演目は股旅物が多かったが、時に怪談物で女が井戸の中から出てくるお化けのシーンは、怖くて手で目を隠した。人一倍怖がり屋だった。

小学四年の時、宿題をほっておいて親について芝居を観に行ったことがあった。

あくる日の授業で、宿題を忘れた者は前に出よと言われて前に出た。八人ほどいた。先生は私の前に立って、なぜ宿題を忘れたか理由を言えと言った。私は芝居を観に行ったとこたえた。

先生は面白かったかと聞いたので、少し嬉しそうに「面白かったです」と答えると直ぐにビンタが飛んできた。他の生徒もみんなビンタをくらった。

あまりの痛さに、私は大声で泣いた。この頃は、生徒を当たり前のように殴る先生がいた。

二年生の時に女の先生にスリッパで叩かれたことがある。この時、他にも二人スリッパで叩かれたので、三人はスリッパで叩かれた仲間として仲良しとなり観音さまに遊びに行ったりした。

二年、四年はいい思い出がないが、三年の先生は、藤井先生といって、なぜか特別私に優しかったことを覚えている。

それは、私が亡くなった親父と同じ腎臓病で学校を三ヶ月休んで、秋になってやっと学校に戻ることができた、そんな生徒であったこともあると思う。

二年生まで、先生には怒られてばかりだった私を、藤井先生はにここと私を見ていてくれて、おふくろにも私を誉めるようなことを言ってくれた。私もすっかり機嫌がよくなり、授業中に可笑しなことを言ってみんなを笑わせるようになった。先生も笑ってくれた。私が時々楽しいことを言うようになったのはこの先生のおかげである。

旅館「アパート」の横は路地になっていて、奥にも家があり、井戸もあった。

その路地には屋根が付いていたので、雨の日は、子供はここに何人か集まって、ショウヤや釘さしなどをして遊んだ。私は、勝負事は得意な方だった。ショウヤもよく勝って、家にはカンカンにいっぱい貯めてあった。釘さしとは、地面に三十センチくらいの正方形を書いてその中に十センチほどの釘をさし、すでに刺してあった釘が倒れて、自分が刺した釘が立っていれば、倒れた釘が自分のものになるという遊びだ。私はこれも上手だったが、釘を貯めても、絵のついたショウヤと違うので、あまり嬉しい感じがしなかった。

おふくろは、親父が死んでから、道路工事の会社で働くようになっていた。

ある朝のこと、私はおふくろが仕事に出て行くことが嫌でずいぶん泣きわめき、寝巻きを着たまま学校前の道まで、おふくろを見送った思い出がある。

そこが、この旅館アパート横の路地に入り、井戸の横を通りぬけて小学校の前の道に出た所なのか、この東にある「ババかんしょ」の道なのかわからないが、おふくろの仕事に行く後ろ姿と、私の寝巻き姿だけは、今もくっきりと覚えている。

旅館「アパート」の斜め向かいに箱屋があった。

紙を切ったり曲げたりし機械を使って、カシャン、カシャンと音を立てて箱を作っていた。

この箱屋で、姉はアルバイトをしたことがあったが、手先が器用で仕事の飲み込みが早く店の人に誉められていた。

箱屋から二軒ほど行ったところに米屋があった。

その頃、米を買うには米穀通帳が必要で、買いに行くと、「米穀通帳は?」と聞かれた。

この米屋では、ジュースやお菓子も売っていた。私はいつもジュースをよく買ったが、友達は「こうせん」(麦こがし)を買って、筒状の飴の中から人に向かって「こうせん」を吹いて、相手が煙でびっくりするのを喜んでいた。私もやってみたいと思ったが、筒状の飴は近くの駄菓子屋には売っていなかった。

米屋の向かいは、やや大きめのクリーニング屋だった。

ここの親父はかっぷくのある紳士だった。近所で一番金持ちそうだった。

私のような家ではほとんどクリーニングを利用することはなかったから、私は入ったことはなかったが、おふくろは親父の背広なんかを出したことがあったかもしれない。

クリーニング屋のすぐ横に、小学校のある南側の通りに抜ける細い道があった。

みんなはそこを「ババかんしょ」と呼んだ。細い路地のことを「かんしょ」と呼んだが、なぜ「ババかんしょ」という名前だったのかは今でもわからない。「ババかんしょ」は暗くて、何かが今にも飛び出し来るような怖い路地だった。

最初は怖いので一目散に走って通ったが、少し慣れて歩いて通れるようになると、その道の途中に八百屋があることに気がついた。お爺さんとお婆さんの二人でやっていた。こんな狭い路の奥に、どこからお客さんが来るのか不思議だった。

「ババかんしょ」のことではこんな思い出もある。

その頃、日曜日ともなると、大須の観音様の境内では、ガマの油売りなどの香具師が見物人を集めて興行していた。日曜のある日、私も香具師の興行を観ていた。その男の人は、籠からハブを取り出し、片手でハブの首をつかまえて、もう片方の手の手首の上あたりをハブの口にくわえさせた。赤い血が滲んできた。するとハブを籠の中に戻して、すぐに塗り薬の入った缶の蓋を開けて、噛まれた所に塗った。

思い出せば、男はこんな口上を述べたと思う。

「さてお立ち会い、この猛毒のハブは私が沖縄へ行って命がけで取ってきたものだ。見てのとおりこのハブに噛まれても私はぴんぴんしている、なぜか、これはハブの油から取ったこの油薬のおかげである。今日はこの薬を買って下さいとは言わない。

私はお金に不自由はしていない。この薬のおかげで、私が働いている会社は大儲けだ。給料日などは金が余って仕方がないから、社長が札束をスコップですくって社員に分けている」

こんな調子の香具師の口上に、なんだか見物人は乗せられたようで油薬はよく売れていた。私も、社長が社員に札束をスコップですくって、放り投げているところを想像して愉快だった。しかし、札束をスコップですくう時、お札に傷がつかないか心配だった。

それから、香具師は商売道具をトランクの中に片付けて帰りだした。

私は、この男の人に興味が湧き、どこへ帰っていくのか後をつけてみようと思った。

男は観音様の北側を歩いて今の国道一九号線を渡った。私の家の方だ。私が生まれた成田病院の前を通って、学校へ行く途中にある赤尾の化粧品屋を過ぎた。いよいよ私の家に近づいていく。すると男はクリーニング屋の横の道にすっと入った。

「ババかんしょ」だ。

男は「ババかんしょ」の途中にある狭い民家に入って行った。男は沖縄から来たとか、お金持ちだと言っていた。やっぱり、みんな嘘で、隣の曲芸師みたいな人かもしれない。

後をつけて悔いが残ってしまった。

「ババかんしょ」から学校までの道にはもう一本「かんしょ」があった。

ここは、「ババかんしょ」よりは幅の広い路地で、抜けるとすぐに学校に突き当たる。

分団に遅れて一人で登校する時は、この道を走った。

私たち小学生は一年から六年まで集まって分団登校をした。

分団登校の時は、みんなで歌を歌って歩いた。何を歌うかは先頭の五、六年生が決めていたようだ。あの頃はテレビで月光仮面が人気だったので「月光仮面のおじさんは正義の味方よ、良い人よ〜」と大合唱して登校した。

それから美空ひばりの花笠道中も歌った。

♪これこれ石の地蔵さん
　西に行くのはこっちかえ
　黙っていてはわからない　ソレソレ

花笠道中を歌って登校したときのことは、今でも私の心の中に残っている。

なんとも愉快で、ほのぼのとした光景だったと思う。

わが町　上堀川　―産婦人科病院の廊下―

上堀川町の箱屋の筋を東へ真っ直ぐ二百メートルほど行った東南の角に成田病院がある。産婦人科として近所でも有名で、母も三人の子をここで出産した。つまり何を隠そう、隠すことないが私の生まれた場所でもある。

小学五年も後半の頃、新聞配達も少し慣れてきていた。

ある日、配達コースにこの成田病院が加わることになり、販売店を長くやっている子と一緒に回ることになった。その子は私より学年は一つ上だったが、なにやらへらへらした感じだった。そこの家は一度行ったことがあるが、我が家よりも半歩前進の貧乏で、狭い部屋に沢山の兄弟がいた。そこの兄貴分だった。

引継ぎは、病院の一番上の四階から始めたが、配達先を伝えると言ってもどこの病室が新聞をとっているか帳面を見て、その子が「ここな」と言い、私が「ふーん」と答えるだけのことだった。

様子が変わったのは、三階の途中からだ。

ここから先は、少年時代、死ぬほど笑った経験である。

しかし、どうしてそんなに笑ったのか一体全体わからないが、少しは記憶が蘇るので綴ってみたい。

病室の木製の扉の前で、その子が言った。

「ここの腹ボテの女の人には付き添いのおばさんがおるけどな、付き添っとるおばさんの方が、腹が大きんだわ、ほ、ほ、ほんとによ、間違えるてハハ」

その子はそう言って急に腹を抱えて笑い出した。

「ただのデブちゃんか」

「赤ちゃんなんか入っとれせんぞ、何にも、おばさんが言っとった」

「ほんならスイカでも入っとらんか」

「ス、スイカか、ハハハ」

そう言ってその子は床に寝転んでしまった。

私もスイカが出てくることを想像して可笑しかった。

「ス、スイカ出てきたら冷やさないかんな」

「冷やすなら、い、井戸だわ」

私も床に寝そべって笑いだした。床は木でできていて気持ちがいい。

こうなると何を言っても可笑しくなってきた。

「ここは、夕刊はとっとらん、朝刊だけのとこだで、たのんだぜ」

「合点だい」

「ハハハ、ああくるしい。お前よ、五時に店に来てたことないな」

「五時はまだ眠たい」

「五時までに来ると、十円、手当が付くぞ」

「寝とった方がええ」

「ほんでもよ、十円あると妹に菓子買えるぞ。五時によ、ちょっと遅れただけで、もらえんかった時は、アジャパーだわ」

「ハハハ、『おっかさんは、早起きは三文の徳だ、なんかええことある早よ行ってこい』と言うけど、三文って言ったたってわからんでかんわハハハ」

二人は笑って、もう立てないので四つん這いになって進んだ。

私がその子をサッサと追い越した。

「殿中でござる、殿中でござるぞ」と追いかけて来た。

「忠臣蔵か」

「忠臣蔵だぞ、お前は浅野内匠頭だぞ」

私は映画のシーンをサッと思い出した。

「そうか、よーし、おのれ吉良上野介、覚悟めされ」

「殿中でござる、各々方、出会え出会え」

「止めて下さるな、武士の、武士の情けじゃー」

「松の廊下でござる、おひかえなさい」

「せめて一太刀、せめて一太刀——」

「松の廊下じゃ、お控えなさい、えーお控えなすって」

「ハハハ、吉良め、そこになおれ、なおれ、なおれ、起立、礼！ハハハ」

「もう、無茶苦茶だわ」

その子が飛びついて、くすぐってきた。

「言うこと聞かん子だなあ、この子は」

「やめろこちょばいい」

「まあ、何べん言ってもわからん子だに」

「ワハハ、やめろ」

「言い出したらきかん子だに」

「ハハハ、もういかん」

「こんな子、うちの子だないに」

「やめろ、この上は、北辰一刀流の剣を受けてみよ、ター」

「ギャー」

二人は静粛であるべき病院の廊下を、床に転がったり、四つん這いになったり、大笑いし腹を抱えて進んだ。可笑しくて涙が出て、腹がよじれそうだった。

病院を出てもほっぺたが濡れていた。境遇が同じで気が合ったのだ。

あんなに笑ったことは、それ以後なかった。

あの時は六十年先の分まで笑ったんだと思う。

さいごに

前回の詩集「明日はほぼ幸せ」が二〇二一年の一二月の発行でした。あれから二年経ちました。本を出版してから色々な方々の励ましがありましたが、おじさんたちの応援が意外とたくさんありました。「いい年してよく出したな」そんな共感の励ましだったと思います。

私としては次作を、昨年発行したいとの思いがあったのですが、カミさんが、そんなに早く出したら、買わされる方が気の毒だというので、迷いながらもやっぱり前を向かなきゃなと思い発行の運びとなりました。

なんでもやってみるもので「明日はほぼ幸せ」の本は県図書館、市図書館（二一）に寄贈が受け付けられ、たくさんの方に見ていただく機会が増えることとなりました。

今回の詩集「地球は回る 私は歩く」は、子どもの頃、朝起きて、布団の上で「何のために人間は生きているんだろう」と考えることがありました。そんなことを悪い頭でずっと考えてきたので、このタイトルとなりました。

大層なタイトルですが、今までどおり、毎日の暮らしで面白かったこと、おかしいと思ったこと、知ったことを「あーだこーだ」と愉しく書いているうちに、子どもの頃の疑問に近づいていかないかなと思っています。

最後に、この本の出版にあたり、大きな励ましを頂きましたみなさんに心よりのお礼を申し上げます。

ひらおかひでお

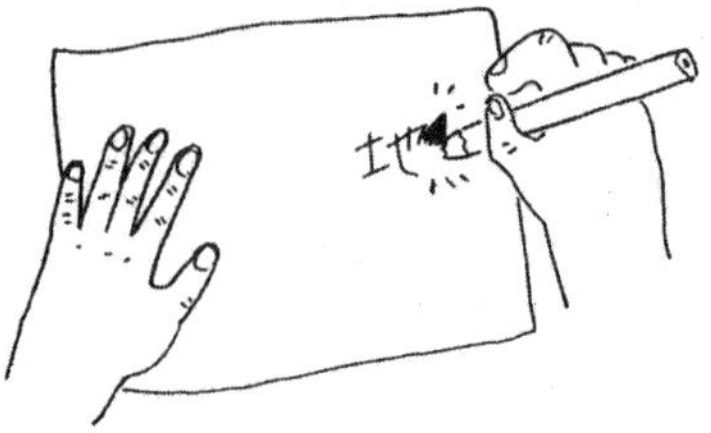

本書に寄せて

町内の知り合いで公園や住宅周りのごみ集めを日常的にする夫婦がいる。

いやな顔もせずに笑顔で手際よく、山登りが趣味のお二人さんだ。

平岡さんの前回詩集『明日はほぼ幸せ』に「幻想交響曲」がある。

道端のゴミを朝から夕方まで集め回るお婆さんが、場所を間違えたのかコンサートホールの楽屋から遂に舞台に登ってしまい、腰をかがめ杖を動かしたとたんオーケストラの演奏が始まっていく詩だ
ありえない話だがとても面白い！

長くて曲にするにはむつかしい詩ですがチャレンジしたい目標がまた持てました。

ありがとう。

今回の詩集も、ゴミ集めのおばあさんが登場するそうで、楽しみに読みます。

これがおわりのホレホレバンド　有田　寛

応援のてがみ

昔の仲間

五十年前、君の結婚式に出席しましたが、そこで配られた君の詩に奥さんのイラストが載った小さな詩集を読んで、君の詩のファンになりました。

「明日はほぼしあわせ」の本を手にしたとき、君の人や自然をユーモアの香りをつける、飾りない愛する人柄を思い起こしました。

若いころから詩人の感性を磨きヒューマニズムの思想で詩作を続けてきたから出来た詩集です。

君は暮らしの中で息づく人として大事なものを日常の言葉で生き生きと表現できる詩人です。感嘆しています。

現実の暮らしや体験を民衆詩人として、これからも発表続けることを期待しています。

社会福祉理論を研究している大須小学校同級生　中原三郎

［著者略歴］

ひらおかひでお（本名・平岡英男）

1947年　名古屋市中区大須に生まれる
1966年　愛知県立中川商業高等学校卒
1967年　働く青年のサークルで、文集「青い麦の唄」発行
1972年　雑誌「青年運動」で作品について詩人土井大助氏に、「人情味と楽天性」「技巧的なものは無いが、そこがかえってユニークで面白い」と評される
1993年　「劇団あそび座」の結成に参加し、脚本を書き、座長となる
「町工場ストーリー」「全国の猫に告ぐ」「町工場ストーリー２」「森はコンコン」を上演する
1994年　「これがおわりのホレホレバンド」のコンサートつくりを応援
1997年　詩集「父さんの助言」出版
2018年　「明日はほぼ幸せコンサート」開く
2022年　詩集「詩、ときどきユーモア　明日はほぼ幸せ」を出版
「明日はほぼ幸せ２出版記念コンサート」開く

詩、ときどきユーモア　**地球は回る　私は歩く**

2024年4月11日　第1刷発行　（定価はカバーに表示してあります）

著　者　ひらおかひでお

発行者　山口章

発行所　名古屋市中区大須 1-16-29
振替 00880-5-5616 電話 052-218-7808　風媒社
http://www.fubaisha.com/

＊印刷・製本／モリモト印刷　乱丁本・落丁本はお取り替えいたします。

ISBN978-4-8331-5458-1